¿SABÍAS QUE...?

¡Cómics para los más curiosos!

JAPÓN

Textos de **ARNAUD HUBER**

Ilustraciones de **THÉO CALMÉJANE**

PANINI BOOKS

MINIMO
TAMAGOTCHI
Blue Flower
GEISHA

ÍNDICE

¿SABÍAS QUE...? ¡EN JAPÓN, SE INCLINAN PARA DECIR HOLA, PERDÓN Y GRACIAS!

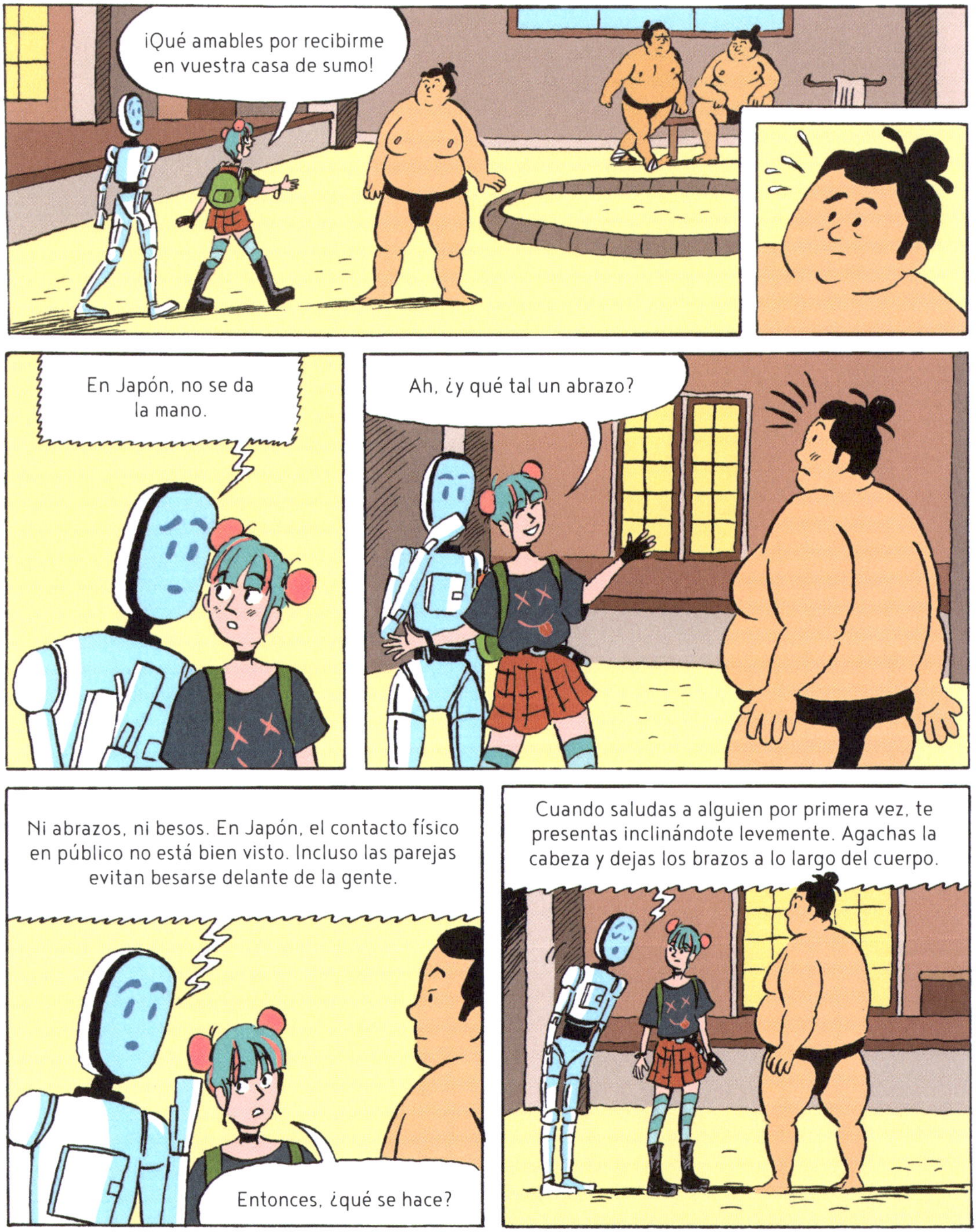

¿Estás segura de que eres una apasionada de Japón?
Bueno, ¡me encanta el sushi!
Hola, me llamo Nina, y sueño con ser mangaka en Japón.
Encantado, yo me llamo Ryu, y...
BIM
¡Lo siento!
Es la diferencia de altura, he calculado mal.
BIM
¡Sumimasen! ¡Sumimasen!
Sí, sí, gracias por recibirme en vuestra casa de sumo.
Ehh... no es eso lo que quería decir...

Ah, vale, entiendo.
Nina, *sumimasen* no significa ‹‹casa de sumo››. Es una palabra muy usada en Japón para pedir perdón.
Me da la sensación de que en Japón se disculpan mucho...
Eso es verdad, además existen más de diez palabras diferentes para pedir perdón.
¿Puedo ofrecerte una taza de té a modo de disculpa?
Oh, gracias, qué amable.
Tú también puedes decir *sumimasen*, Nina.
Pensaba que era para disculparse...
En Japón, las disculpas son una forma de agradecimiento. Te disculpas para dar las gracias por su gesto a la persona que te hace un regalo. Está claro que Ryu quiere disculparse por vuestra colisión frontal.
Y eso que aún no hemos salido del albergue.
Ah, no, esto es una casa de sumo.

¡Aprende a saludar como los japoneses!

En Japón, los buenos modales no solo son un estilo de vida, sino también una técnica que conviene aprender. Porque sí, se hacen reverencias para saludar y para dar las gracias. Pero la inclinación varía según el estatus de la persona que tengamos delante.

Si se trata de una persona como nosotros, como un compañero de clase, nos inclinamos 15°. Este saludo se llama *eshaku*.

Si la persona es de un rango superior, como un profesor, conviene mostrarle respeto inclinándonos 30°. Ese saludo se llama *keirei*.

Por último, hacemos un saludo llamado *saikeirei*, a 45°, cuando nos encontramos con una persona muy importante, como el emperador de Japón. O cuando hemos metido mucho la pata...

¿SABÍAS QUE...?

¡LOS SUMOTORIS ENTRENAN, COMEN Y DUERMEN EN EL MISMO SITIO!

El *shiko* consiste en levantar lateralmente y de manera alterna las piernas y dejarlas caer golpeando el suelo con la planta de los pies.
Se dice que es para ahuyentar a los espíritus.
Brrr.
Pero sobre todo para fortalecer las piernas y así evitar lesiones.
¿Quién es?
Se le llama l'*oyakata*. Es el jefe de esta *heya**. Es como el padre.
*El lugar donde entrenan y viven los luchadores.
Ahora que han calentado, los luchadores van a combatir en el *dohyo**. Desde los principiantes hasta los más experimentados. Quien saque a su adversario del círculo gana.
*El círculo de arena elevado sobre el que luchan los sumotoris.
SPLAF
¡Bravo, Ryu, eres el mejor!
CLAP
CLAP
CLAP
CLAP

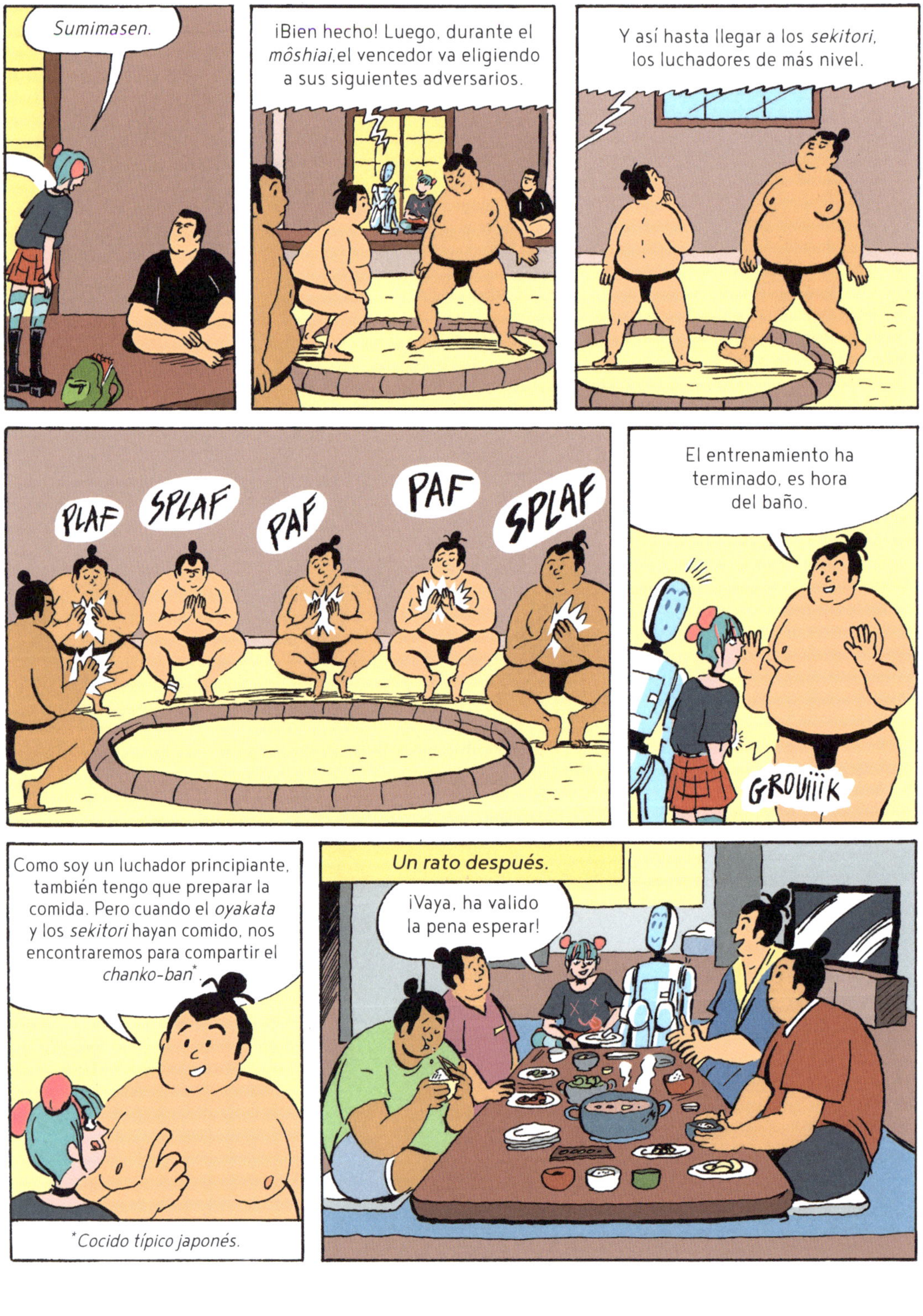
Sumimasen.
¡Bien hecho! Luego, durante el *môshiai*, el vencedor va eligiendo a sus siguientes adversarios.
Y así hasta llegar a los *sekitori*, los luchadores de más nivel.
PLAF
SPLAF
PAF
PAF
SPLAF
El entrenamiento ha terminado, es hora del baño.
GROUIIIK
Como soy un luchador principiante, también tengo que preparar la comida. Pero cuando el *oyakata* y los *sekitori* hayan comido, nos encontraremos para compartir el *chanko-ban**.
*Cocido típico japonés.
Un rato después.
¡Vaya, ha valido la pena esperar!

La dieta de los luchadores de sumo

Pero no solo el entrenamiento permite a los *rikishi* (luchadores) convertirse en auténticos colosos, sino también el *chanko* (su alimentación).

¡Ryu y sus compañeros devoran cada día un menú equivalente a veinte hamburguesas grandes! Solo que más variado y sano. La comida que toman después del entrenamiento les sirve a la vez de desayuno y de comida.

En el centro de la mesa, se coloca un caldo bien caliente llamado *dashi*. En él sumergen todos los ingredientes, según sus gustos. Pechugas de pollo, pescado, tofu, ternera, frutas y verduras (zanahorias, salsifíes, maíz, sandía...). Todo ello acompañado de arroz: ¡de cinco a diez cuencos por luchador! Después de la comida, al igual que los demás luchadores, Ryu se echa inmediatamente una siesta, para favorecer la ganancia de peso.

¿SABÍAS QUE...?

¡GODZILLA NO ES TAN MALO!

Cuando salió el primer *Godzilla* en el cine, en 1954, la película contaba que este dinosaurio gigantesco fue despertado de su sueño por las explosiones atómicas en pleno mar.
En 1954, hacía menos de diez años que había terminado la Segunda Guerra Mundial.
Menos de diez años que las ciudades de Hiroshima y Nagasaki fueron arrasadas por un bombardeo atómico...
Exacto. Y, en la película, aunque el monstruo destruya todo a su paso, se comprende rápidamente que es culpa de los seres humanos, que lo han despertado.
Entiendo: crear este monstruo imaginario era una manera de suavizar ese terrible recuerdo de la historia de vuestro país.
¡Exacto! ¡Y Japón tiene muchos recuerdos terribles! Sobre todo, terribles terremotos...
Además, se dice que Godzilla está inspirado en Namazu.

Según la leyenda, Namazu es un siluro gigante que habita en las profundidades del océano y que provoca seísmos cuando los seres humanos actúan mal.
Lo curioso es que, a lo largo de las distintas películas de cine, Godzilla se convirtió en el aliado de las personas frente a las peores catástrofes.
Por eso hablaba de símbolos.
En tiempos de calentamiento global, el rey de los monstruos representa la lucha contra el sobreconsumo de nuestros recursos naturales y los peligros de la energía nuclear.
¡La próxima vez que vaya a una manifestación por el clima, me disfrazaré de Godzilla!

Kaijū eiga: películas de monstruos con mensaje

El *kaijū eiga*, literalmente «películas de bestias extrañas» es un género muy popular en el cine nipón: las películas de monstruos. En la mitología japonesa, se los considera fuerzas de la naturaleza frente a los cuales el ser humano es impotente, peores que los auténticos villanos.

Además, Godzilla no es el único *kaijū* que ha encarnado los problemas ecológicos. A lo largo de las sucesivas películas, nuevos adversarios del dinosaurio atómico van apareciendo. Y también aliados. Con frecuencia, estos monstruos transmiten un mensaje. Es el caso de Mothra, la más conocida después de Godzilla. Porque Mothra es una chica. A esta polilla hembra gigante se la ha representado siempre como una especie de diosa de la paz, protectora de la naturaleza. Es bondadosa, y lucha para proteger al planeta y a la humanidad, que lo necesitan mucho...

¿SABÍAS QUE...?

¡EN JAPÓN TODO EL MUNDO VA AL KARAOKE!

*El premio Nobel reconoce a las personalidades que han hecho avanzar las ciencias, la literatura y la sociedad.

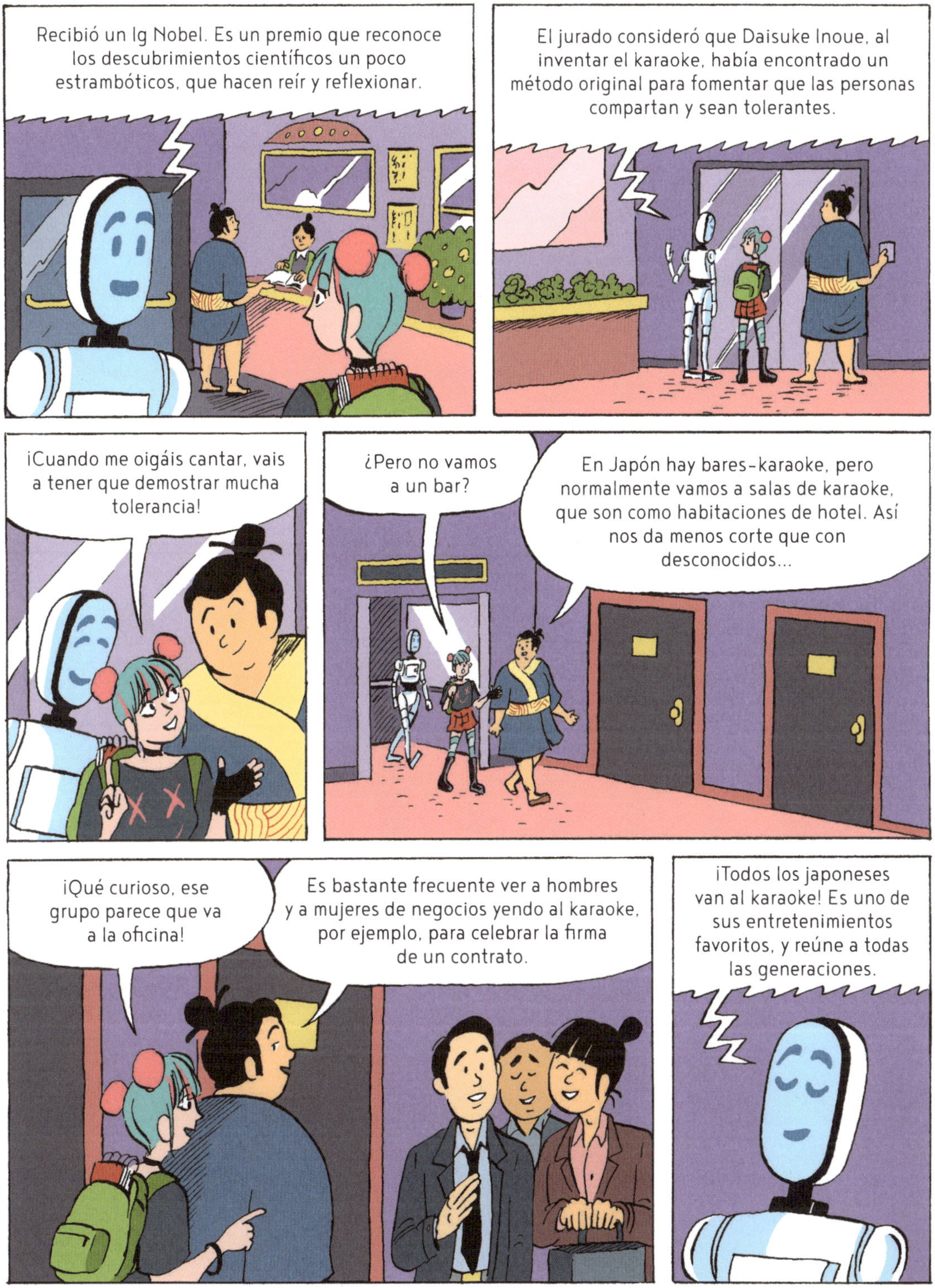
Recibió un Ig Nobel. Es un premio que reconoce los descubrimientos científicos un poco estrambóticos, que hacen reír y reflexionar.
El jurado consideró que Daisuke Inoue, al inventar el karaoke, había encontrado un método original para fomentar que las personas compartan y sean tolerantes.
¡Cuando me oigáis cantar, vais a tener que demostrar mucha tolerancia!
¿Pero no vamos a un bar?
En Japón hay bares-karaoke, pero normalmente vamos a salas de karaoke, que son como habitaciones de hotel. Así nos da menos corte que con desconocidos...
¡Qué curioso, ese grupo parece que va a la oficina!
Es bastante frecuente ver a hombres y a mujeres de negocios yendo al karaoke, por ejemplo, para celebrar la firma de un contrato.
¡Todos los japoneses van al karaoke! Es uno de sus entretenimientos favoritos, y reúne a todas las generaciones.

Para los japoneses, cantar a voz en cuello es una forma ideal de desestresarse durante una velada.
J-pop, rock, reggae, metal, rap: ¡hay para todos los gustos!
¡Hay hasta éxitos franceses!
STROMEO
¡Me encanta!
¡Que empieza!
¡TUTE, VAYA TUTE!
¡TUTE, VAYA TUTEEE!
TUTE, VAYA TUTE TUTE, VAYA TUTEEEEE
¡No tengo oídos, pero me sangran igualmente!
Hum... Quizá no haya sido tan buena idea...
KARAOKE KA
KARAOKE KA

Cantar en la intimidad: los «karaoke-box»

Más de 50 años después de su invención, el karaoke sigue siendo uno de los entretenimientos favoritos de los japoneses. En ellos se reúnen tanto familias como colegas, desde las 11 de la mañana, hasta las 6 de la madrugada los fines de semana. Los karaoke-box disponen de bancos y mesas bajas. A veces, hay incluso maracas y panderetas. Bajo la pantalla, una tablet táctil permite elegir las canciones por artista, título o género. ¡Como en una aplicación de *streaming* musical!

Con una biblioteca de más de 1 millón de títulos disponibles, hay mucho donde elegir. La tablet permite también encargar comida y bebida hasta la madrugada. ¡Y es que cantar da hambre y sed!

¿SABÍAS QUE...?

¡CUANDO LOS JAPONESES CAMBIAN DE INODORO, CELEBRAN UNA FIESTA!

¡Es la primera vez en mi vida que me angustia la idea de hacer pipí!
¡Venga, vale, te acompaño!
Verás que no es tan difícil. Como en las casas, hay un botón para el pipí y otro para la caca.
Basta con presionar el correcto.
Eso es lo que me preocupa...
¿Sabías que los japoneses organizan una ceremonia cada vez que estrenan un váter nuevo?
Ni en mis sueños más locos me lo habría imaginado... ¿Y en qué consiste?
Pues se pone un cojín sobre la tapa del váter y todos los miembros de la familia se sientan sobre él por turnos.
Y para celebrarlo, se comen unos pastelitos de arroz con té verde.
Qué curioso... ¡Ah, hemos llegado!
¿Qué vas a hacer, pipí o popó?
Pipí.
¡Ah, qué pena!
???

No, lo decía porque si hubiera sido popó, habrías podido probar el botón *otohime*.
¿*Otohime*?
El ruido de princesa. Disimula los ruidos embarazosos en el momento oportuno emitiendo un sonido de cascada de agua o de canto de pájaros, según el modelo.
Esto... Bueno... Para el pipí, hay dos botones importantes: ビデ lanza un chorro de agua hacia delante cuando has terminado. El secado es automático. Y 小 es para tirar de la cisterna.
Para el popó, hay que presionar おしり, que lanza un chorro de agua hacia las nalgas, y luego 大 para tirar de la cisterna.
¿Va todo bien?
PÍO
PÍO
PÍO
PÍO
¡Venga, te dejamos!
Un rato después...
¡Ostras! ¡He olvidado quitarme las pantuflas!
TOILET
TOILET

La limpieza: un valor fundamental

La obsesión de los japoneses por la higiene no se limita a sus baños. Ya en la escuela, la limpieza forma parte integrante de su programa escolar.

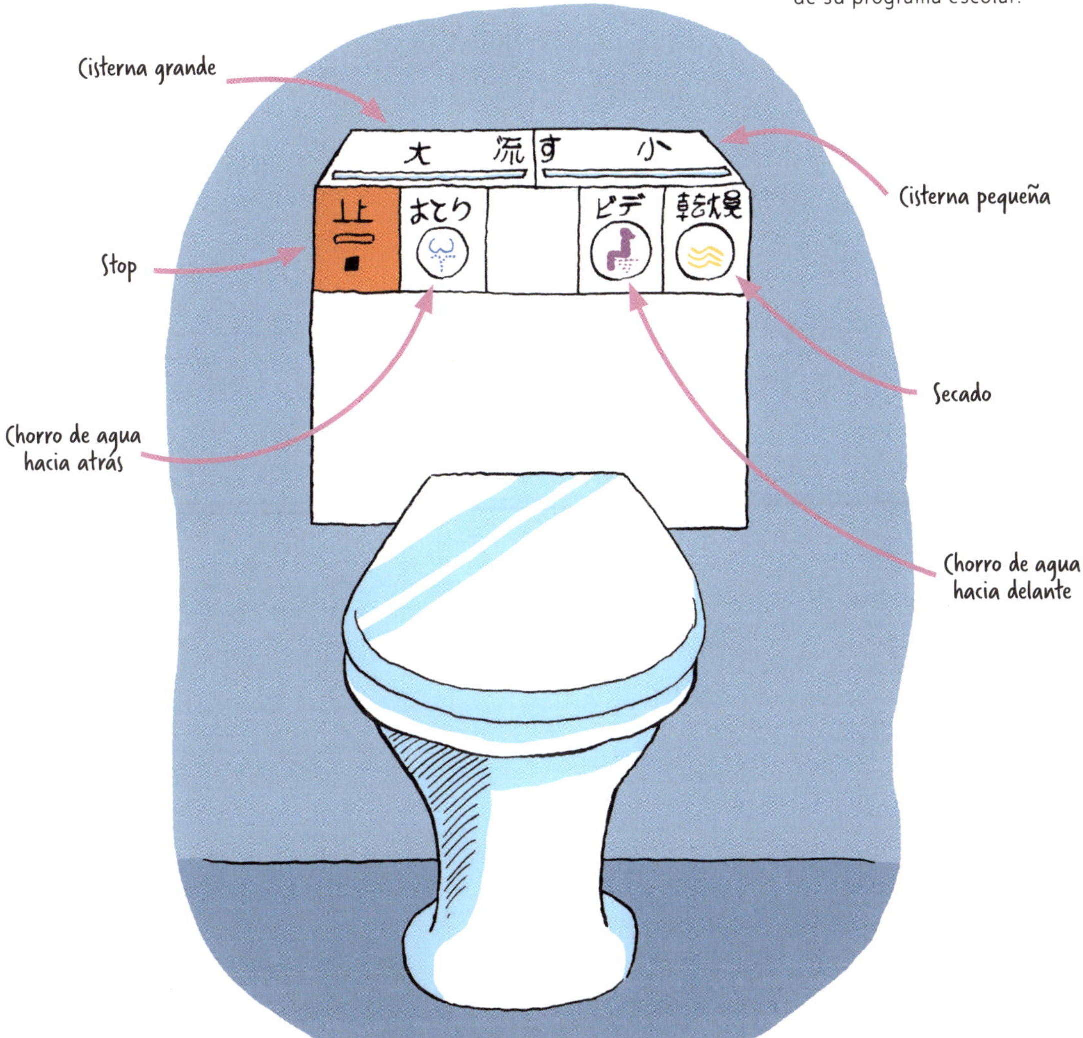

En las calles no hay papeleras, y, sin embargo, nunca se ve basura: los japoneses guardan sus desperdicios en una bolsa y la tiran en casa. Llevar mascarilla es algo muy común en el país del Sol Naciente desde hace años. En cuanto un japonés se nota un poco resfriado, se preocupa por proteger a los demás de sus microbios. En cuanto a las zapatillas que se ponen al entrar en una casa, las *surippa*, existen desde finales del siglo XIX. Cuando los primeros extranjeros desembarcaron en la isla, hubo que hacerles entender que en casa de los japoneses no se entra con los zapatos sucios. ¡Ni hablar!

¿SABÍAS QUE...?

¡EN JAPÓN, HAY ROBOTS POR TODAS PARTES!

No hace falta, yo me encargo...
¿Soy yo, o los peces de este acuario son también robots?
Sí, lo son.
Buá. Son tres lucecitas dando vueltas, ya ves.
Pero es chulo, ¿no?
Como robot humanoide de última generación, opino que no hacemos ningún favor a la grandeza de nuestro país en el campo de la robótica con estos cacharritos.
Japón fue el primer país en lanzarse a la robótica en los años 70.
¿Con Mazinger Z?
No exactamente. Aunque el personaje encarna bien la fascinación de nuestro país por los robots.
Empezamos creando robots industriales, como los coches, y acabamos fabricando robots que ofrecen un servicio, como los robots que hablan, para divertirnos...

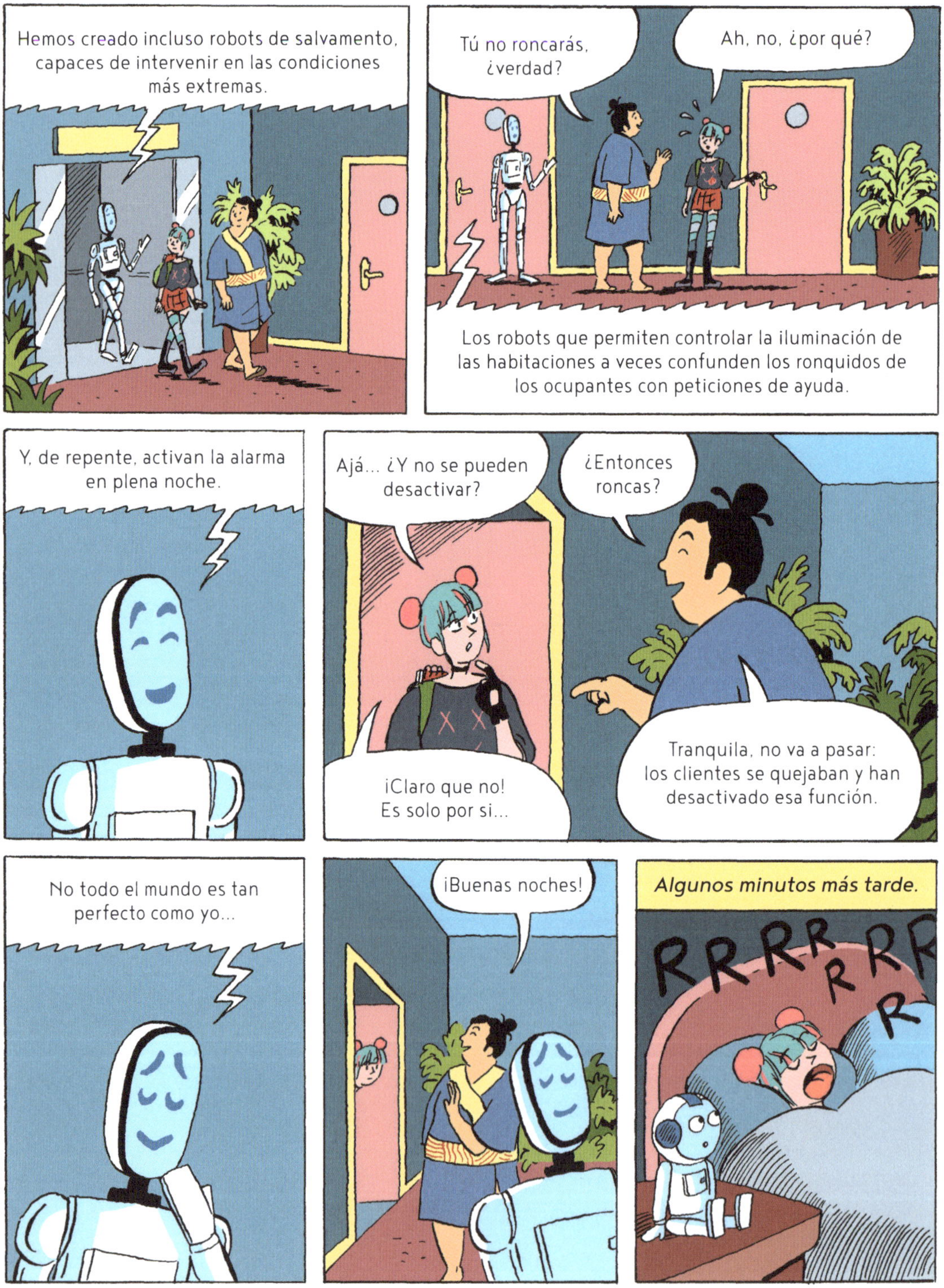

Hemos creado incluso robots de salvamento, capaces de intervenir en las condiciones más extremas.
Tú no roncarás, ¿verdad?
Ah, no, ¿por qué?
Los robots que permiten controlar la iluminación de las habitaciones a veces confunden los ronquidos de los ocupantes con peticiones de ayuda.
Y, de repente, activan la alarma en plena noche.
Ajá... ¿Y no se pueden desactivar?
¿Entonces roncas?
¡Claro que no! Es solo por si...
Tranquila, no va a pasar: los clientes se quejaban y han desactivado esa función.
No todo el mundo es tan perfecto como yo...
¡Buenas noches!
Algunos minutos más tarde.
RRRRRRRRR

Robótica japonesa: entre innovación y cultura popular

Yo soy el ejemplo perfecto: ¡Japón es el país más avanzado en materia robótica! En él se fabrican robots industriales para las fábricas de todo el mundo. Se inventan robots para tareas cotidianas. Se conciben también robots divertidos, desde los más sofisticados hasta los más sencillos.

Aibo

Tamagotchi

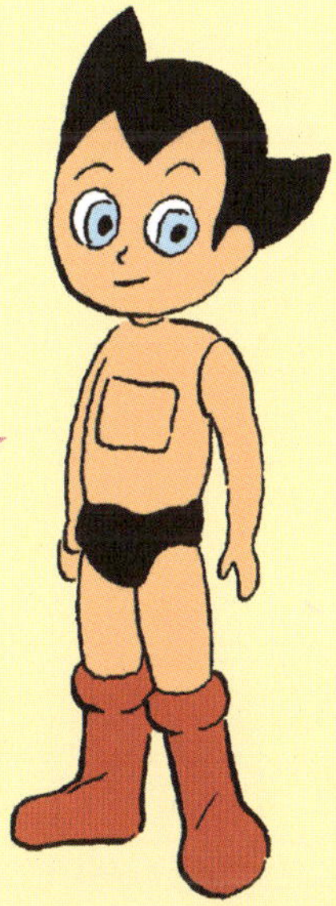

Astro Boy

Estaba pensando en Aibo, el famoso perro robot, o incluso en los Tamagotchi. ¿Sabes qué son? Esos pequeños animales de compañía virtuales a los que hay que alimentar, lavar y cuidar. Los robots también están muy presentes en la cultura popular: Astro Boy, el pequeño robot que fue el precursor de todos los robots del manga y las series de anime, nació en 1952, en la imaginación y el lápiz de Osamu Tezuka. Estamos contentos de vivir entre humanos, y siempre estaremos a vuestra disposición.

¿SABÍAS QUE...?

¡ALGUNOS JAPONESES TRABAJAN EN KIMONO!

Para la mayoría de los japoneses sí.
Eso es porque, antiguamente, solo la aristocracia podía permitírselo.
El kimono sigue siendo una prenda tradicional que usamos para las ceremonias: bodas y entierros.
Y también fiestas y festividades.
Entonces, Ryu, ¿por qué tú lo llevas a diario?
Porque es tradición para los luchadores de sumo.
A veces usan kimonos de colores llamativos.
Es verdad, a veces me he puesto un kimono rosa cuando los cerezos están en flor.
¡Eso sí me gustaría verlo!
¡En realidad, es muy cómodo!

No todo el mundo tiene la suerte de poder pasearse en bata.
¡Pero no somos los únicos que usamos kimono a diario!
Es verdad, querido Ryu: nunca nos cruzaremos a un *kannushi** o un *sôryô*** sin su kimono.
*Sacerdote sintoísta.
**Sacerdote budista.
Ni ningún *rakugoka**** contará historias sin su traje tradicional.
***Monologuista tradicional.
Entonces, ¿solo esas profesiones requieren kimono?
Efectivamente. Solo los sacerdotes y los luchadores de sumo visten siempre con kimono.
Aunque luego os veamos siempre en calzoncillos...

El kimono, un traje emblemático

Al abrirse el país a las naciones occidentales, a principios del siglo XIX, el gobierno japonés animó a la población a abandonar el kimono tradicional, en favor de prendas más modernas y sencillas.

Un furisode

Un tomesode

Un kuromontsuki

Actualmente, al igual que en Europa no siempre llevamos pajarita o un vestido de fiesta, los kimonos se reservan para las ocasiones especiales, como bodas y ceremonias del té.
Existen casi tantos tipos de kimono como grandes ocasiones:

- Las mujeres jóvenes y solteras llevan un *furisode*, con mangas largas.
- Las mujeres casadas llevan un *tomesode*, que suele ser negro y lleva bordado el blasón de la familia.
- Los hombres lucen un *kuromontsuki* combinado con una chaqueta llamada *haori*, así como un pantalón, llamado *hakama*, ambos por encima del kimono.

Y estos son solo algunos ejemplos...

¿SABÍAS QUE...?

¡EN TOKIO, HAY EMPUJADORES PARA APRETUJAR A LOS VIAJEROS EN EL METRO!

Cuando llegamos al andén, hacemos cola.
¡Y nadie se cuela! Se avanza por orden de llegada.
Hay que respetar las marcas del suelo.
BiiiiiiP
Pero... ¡los vagones van abarrotados! No conseguiremos entrar.
Tranquila, tenemos un arma secreta para entrar: los empujadores.
¿Los qué?
¿Ves esas personas con gorra y guantes blancos?
No me digas que...

¡Sí! Su trabajo consiste en empujar a la gente en los vagones en las horas punta.
¿Se cree que soy una sardina?
Es verdad que vamos a estar un poco apretados, pero así llegaremos más rápido a la tienda de manga más grande de Akihabara*.
* El barrio de los fans de la electrónica, los videojuegos y el manga.
O eso, o esperar dos horas a que la afluencia de viajeros disminuya.
Tranquila. Es un poco loco, pero funciona muy bien.
Los empujadores vigilan que ningún dedo se quede atrapado en la puerta.
¡Fenial!
No siempre es así, en serio.
De aquí a pocas estaciones respiraremos mejor, aunque yo no tenga pulmones.
Si pudiera, daría saltitos de alegría.

Tokio y su metro, el más frecuentado del mundo

Cada día, más de 8 millones de personas cogen el metro de Tokio, es decir, más de 3 000 millones al año: ¡el doble que el metro de París! Pero no es de extrañar, si pensamos en la superficie de la ciudad, que es veinte veces más grande que la de París: 2 188 km^2 frente a los «solo» 105 km^2 de la capital francesa. Ni que decir tiene que es imposible desplazarse por ella sin coger el transporte público. Por suerte, el metro más frecuentado del mundo solo está así de abarrotado en las horas punta. Y, en general, en Japón, tanto el metro como los buses y los trenes ¡están siempre limpios y son puntuales!

¿SABÍAS QUE...?

¡EN JAPÓN, TODO EL MUNDO LEE MANGA!

¡Veo que la señorita controla!
Aún me queda mucho por aprender sobre Japón, pero mi sueño es convertirme en mangaka, así que, por fuerza, un poco tengo que saber...
Lo que más me gusta es la variedad de historias y de géneros.
Estoy de acuerdo. Ciencia ficción, deporte, artes marciales, historia... ¡hay hasta mangas de cocina!
Tengo que confesar mi pequeña afición por los mangas sentimentales.
¡Koko el romántico!
¡Y aquí estamos, en el barrio de Akihabara!

Esas fachadas multicolor, esos anuncios gigantes... ¡parece que estemos dentro de un manga!
¡Y aún no has visto los estantes de la librería a la que vamos!
¿A que eres feliz aquí?
¡GUAU!
No sé si mi monedero se recuperará de esto...
Por no hablar de las demás plantas, con videojuegos y productos relacionados...
Momentos más tarde.
¿Todo eso?
Claro, habrá que aprovechar que me acompaña un luchador de sumo grande y fuerte, ¿no?
GULP.

Las diferentes categorías de mangas

Los *shonen* narran las aventuras de jóvenes héroes masculinos. Los *shojo* están protagonizados por jóvenes heroínas, y tienen un tono más romántico. Por supuesto, no importa que seas chico o chica para leer uno u otro.

La misma distinción chico/chica existe en los *seinen* y los *josei*, pero con historias más adultas. A medio camino de todas estas categorías, los *young seinen* navegan entre el deporte, las artes marciales y la ciencia ficción. Se dirigen sobre todo a estudiantes, tanto de secundaria como universitarios.

A partir de los 5 años, los más pequeños tienen también su propio género, el *kodomo*. Y si tus padres tienen tendencia a confundir manga con anime, recuérdales que los manga son cómics y los anime son películas o series de animación.

¿SABÍAS QUE...?

¡HAY LIBROS MANGA EN TODOS LOS COLEGIOS!

Pero...
¿*Pies descalzos, una historia de Hiroshima* está en la biblioteca del colegio?
PIES
Efectivamente, todos los colegios japoneses tienen este manga.
¡Pero es muy violento!
Refleja la triste realidad de las consecuencias de la bomba atómica y, en efecto, no es muy agradable de ver.
Sí, el dibujo es infantil, pero no esconde las atrocidades de la guerra, sobre todo los grandes quemados.
Algunas asociaciones han intentado prohibir su lectura a los niños.
¡Pero los profesores y los directores han defendido el valor educativo de este manga!
Además, todos los años, en agosto, cuando se conmemora el fin de la Segunda Guerra Mundial, se presenta una adaptación animada del manga a los escolares.
¡Además es una historia real!

Sí, efectivamente, el autor del manga perdió a su padre, a su hermana y a su hermano pequeño a causa del bombardeo de Hiroshima.
Cuenta el drama y cómo salió adelante a pesar de todo.
¡Porque el personaje de Gen está lleno de esperanza!
A pesar del sufrimiento, de las injusticias, es un auténtico buscavidas, que siempre encuentra soluciones para salir de los atolladeros.
Como robot, me encanta una de las frases que más repite el autor.
«El tesoro más importante de la humanidad es la paz».
¡Cuánta razón tenía!
Ahora entiendo por qué los japoneses dejan una historia y unas imágenes tan duras al alcance de los niños.
Para que no se olvide.

Hiroshima: una ciudad convertida en símbolo de paz

La ciudad de Hiroshima es tristemente famosa por haber sido la primera ciudad destruida por una bomba atómica, el 6 de agosto de 1945, al final de la Segunda Guerra Mundial. Durante el ataque murieron 70 000 personas, y decenas de miles resultaron gravemente heridas. Otras murieron durante los años posteriores, a causa de las radiaciones. Esta es la terrible historia que narra el manga *Pies descalzos, una historia de Hiroshima*, inspirado en las desgracias de la familia de su autor, Keiji Nakazawa.

La ciudad fue completamente reconstruida, y solo un monumento, la Cúpula de la bomba atómica, sigue recordando el bombardeo de 1945.

Es uno de los pocos que no se derrumbó. Se encuentra en el centro del parque de la Paz de Hiroshima.

¿SABÍAS QUE...?

¡EN JAPÓN HACEN ANIMALES DE PAPEL!

¿Vamos a plegar mil?
Si tienes un deseo que cumplir, ¿por qué no? Pero me temo que no nos dará tiempo.
A razón de 5 minutos por grulla, necesitaríamos justo 5 000 minutos, es decir, 83 horas, o sea, 300 000 segundos.
Ya veréis que no es difícil.
Hace falta un poco de concentración. Y mucha paciencia.
Ahí tenéis un tutorial impreso. Seguid los pasos uno a uno y todo irá bien. Si me necesitáis, estaré por aquí.
Aunque llegó de China en el siglo VII, el origami se ha convertido en un auténtico arte tradicional japonés.
El texto más antiguo conocido sobre los origamis data de 1797. Se llama «El secreto para plegar mil grullas», y muestra 49 formas diferentes de plegar una grulla.

Nos conformaremos con la más simple de todas: solo tiene trece pasos.
Puede hacerla hasta un niño de 6 años.
Doblar en triángulo por la diagonal. Volver a doblar en dos. Hacia la mitad. A la derecha. A la izquierda.
Toma, te regalo la mía.
¡Bravo, Ryu!
Como nuestros tres invitados han conseguido plegar su grulla, vamos a aumentar la dificultad plegando otro papel en forma de dinosaurio.

Artes japonesas: tesoros de paciencia

El ikebana

En japón, muchas artes requieren de paciencia y precisión. El origami es una de ellas. Pero existen otros ejemplos.

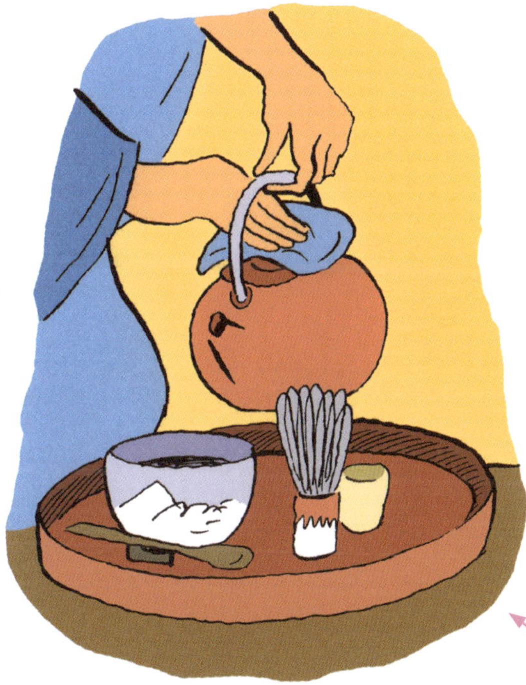

La ceremonia del té

El bonsái

Entre los más conocidos se encuentra **el ikebana**, el arte de la composición floral. Las flores y las hojas se colocan de manera que crean una obra de arte viviente. **El bonsái** es otro ejemplo. Los bonsáis son árboles en miniatura cultivados en macetas. Los artistas bonsái deben recortar las ramas y las raíces con precaución, para obtener una forma armoniosa. Eso puede llevarles años. Por último, está **la ceremonia del té**. Este delicado ritual se practica desde hace siglos. Los participantes deben prestar atención a cada movimiento del anfitrión, desde la elección de los utensilios hasta la forma de verter el agua. Todo eso crea una atmósfera de calma y respeto. En resumen, si bien la práctica de estas artes es difícil, ¡el resultado suele ser magnífico!

¿SABÍAS QUE...?

¡A LOS JAPONESES LES FLIPA UN PEZ VENENOSO!

Además, sabe retirar las partes envenenadas con toda seguridad.
¡Hola!
¡Hola, Ryu-San!
Gracias por recibirnos y por obsequiarnos con tu saber hacer.
Sentaos, voy a preparar un sashimi de pez globo.
¿Pez globo?
Se llama así al fugu, debido a su forma.
Cuando se siente amenazado, se infla como un globo.
Eso asusta a los depredadores.
Bueno, confío en ti, Ryu, y en tu amigo: voy a comer fugu para tener la experiencia.

Una vez retirado el veneno, el maestro fugu corta unas láminas tan finas que se puede ver la decoración del plato a través de la carne.
Parece una flor.
Una flor potencialmente mortal.
¡Para de meterle miedo, Koko!
Hummmm, ¡está buenísimo! Es fresco, ligero, ¡y un poco dulce!
Muchas gracias por haber insistido, Ryu, ¡está increíble!
De nada, Nina. Me alegra que te haya gustado.
Y yo de que no hayáis acabado en urgencias, ¡porque no existe el antídoto!
Sin embargo, sigo con hambre...
Tranquila, vamos a pedir mi plato preferido: ¡fideos *ramen* con pollo, jengibre y ajo!
¡Ñam!

Cocina japonesa: un regalo para la vista y el paladar

La cocina japonesa es famosa por su frescura, su variedad y su presentación. Los platos suelen servirse en pequeñas porciones, para realzar cada ingrediente.

El sushi es uno de los platos más conocidos. Se prepara a base de arroz avinagrado y de pescado crudo u otros ingredientes, como verduras, huevos o marisco. El sushi se suele servir con salsa de soja, wasabi y jengibre marinado. ¡Pero hay muchos otros platos por descubrir! La cocina japonesa incluye platos calientes, como el *ramen*, unos fideos servidos en un sabroso caldo, o la *tempura*, alimentos rebozados (generalmente verduras o gambas) y fritos. Los japoneses dan mucha importancia a la belleza de sus alimentos. A menudo, estos se disponen de forma artística sobre los platos, los boles y fuentes decorativas. En resumen, ¡la comida japonesa es bonita y está buena!

¿SABÍAS QUE...?

¡UN PERRO FAMOSO TIENE SU PROPIA ESTATUA EN TOKIO!

¡Estoy deseando verla! ¡Vamos!
Además, así podremos atravesar el famoso cruce de Shibuya.
¡Hemos llegado!
¡Cuánta gente hay aquí!
Pues sí, Hachikô es muy popular.
¿Y si me contáis su historia?
Hachikô acompañaba todos los días a su dueño a la estación de Shibuya y esperaba a que volviera de su jornada de trabajo.
Desgraciadamente, un día su dueño no volvió.
Había muerto de una hemorragia cerebral.
Pero Hachikô nunca dejó de ir, día tras día, al mismo sitio, para esperar a su dueño.
Y lo hizo durante años, hasta que él mismo murió.

Una historia conmovedora, ¿verdad?
Increíble. Nunca había oído nada así. Pero creo que no lo olvidaré nunca.
Me alegro de que lo aprecies, Nina. Hachikô se ha convertido en todo un símbolo de entrega para los habitantes de Tokio.
Yo añadiría que esta historia muestra hasta qué punto pueden existir la amistad y la lealtad entre diferentes especies.
¡Mirad, hay un sitio perfecto para hacerse una foto! ¿Nos hacemos un selfi delante de la estatua?
¡Claro! Siempre estoy listo para una foto.
Yo también. Me encanta capturar este momento.
¡Perfecto! Preparados... listos... ¡ya!
FLASH

Animales de compañía: respeto y amor incondicional

Los japoneses están muy apegados a sus animales de compañía, como demuestra la estatua de Hachikô.

Esta relación tan particular se explica en parte por la fuerte tradición japonesa de respetar a los seres vivos y la naturaleza, de la que los animales, evidentemente, forman parte. No es raro ver a los japoneses cuidar gatos callejeros y a otros animales de su barrio.

Además, en las grandes ciudades japonesas, mucha gente vive sola. Los animales domésticos ofrecen, pues, una compañía y un apoyo afectivo muy importantes. No es casualidad que las cafeterías de gatos sean tan populares en Japón. Al igual que el alquiler de perros por horas, para quienes no pueden tener uno. Y, como a los japoneses les encantan los dispositivos electrónicos, ¡su amor incondicional por sus amigos de cuatro patas se refleja también en los objetos tan sofisticados que inventan para ellos!

¿SABÍAS QUE...?

¡EN JAPÓN, HICIERON UNA REVOLUCIÓN CON COSAS CUQUIS!

¿Una revolución?
¡Efectivamente!
¡Sí, ya me acuerdo! Fue un movimiento iniciado por los estudiantes, ¿no?
¡En efecto! Concretamente, los jóvenes estudiantes de los años 70.
Empezaron a crear imágenes de personajes adorables para protestar contra las tradiciones tan estrictas de la sociedad japonesa.
¿Quieres decir que la cultura kawaii es un movimiento feminista?
No del todo, porque actualmente es sobre todo una corriente artística y cultural que celebra lo adorable, la ternura, la dulzura.
¡Es perfecta para mí!
Y ahora lo kawaii se ha vuelto popular en todo el mundo.
Lo hay por todas partes: la ropa, los accesorios, los alimentos, los juguetes...

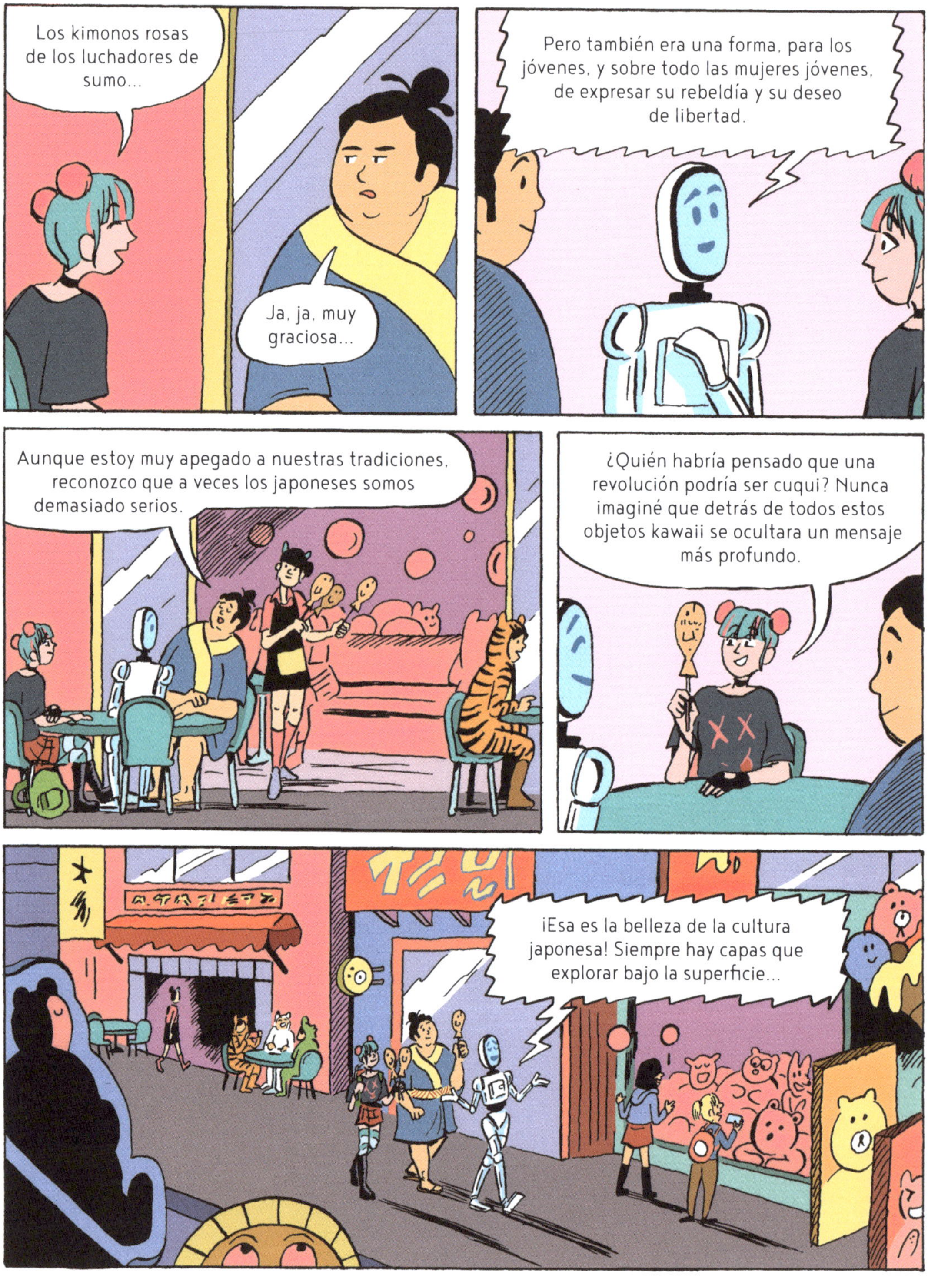
Los kimonos rosas de los luchadores de sumo...
Ja, ja, muy graciosa...
Pero también era una forma, para los jóvenes, y sobre todo las mujeres jóvenes, de expresar su rebeldía y su deseo de libertad.
Aunque estoy muy apegado a nuestras tradiciones, reconozco que a veces los japoneses somos demasiado serios.
¿Quién habría pensado que una revolución podría ser cuqui? Nunca imaginé que detrás de todos estos objetos kawaii se ocultara un mensaje más profundo.
¡Esa es la belleza de la cultura japonesa! Siempre hay capas que explorar bajo la superficie...

¡La cultura kawaii está por todas partes!

En la oficina, algunos empleados usan material kawaii para relajarse durante su jornada de trabajo: existen gomas de borrar, bolígrafos, libretas y hasta grapadoras con diseños kawaii, como animales adorables o frutas sonrientes.

Para enseñar a los niños a tener cuidado al cruzar la calle, la policía japonesa ha creado personajes kawaii, como conejos, ositos y hasta pingüinos, con gorras de policía.

¿SABÍAS QUE...?

¡LOS SAMURÁIS INSPIRARON EL CASCO DE DARTH VADER!

Oye, ¡pues pega más de espada que de gofre!
Esto, sí, eh...
En serio, los samuráis habrían sido mucho más peligrosos con una espada láser, ¿verdad?
Es cierto, una espada láser puede cortar de todo, incluido el metal.
Pero una *katana* bien afilada puede cortar una manzana como si fuera mantequilla.
¡Merecían un arma digna de su entrega! Al fin y al cabo, eran unos guerreros dispuestos a morir por su señor.
Un poco como Darth Vader con el Emperador en *Star Wars*, ¿no?
¡Es verdad! Solo que los samuráis existieron de verdad.
Y que tenían un código moral, el *bushido*, que les obligaba a ser leales y honorables.

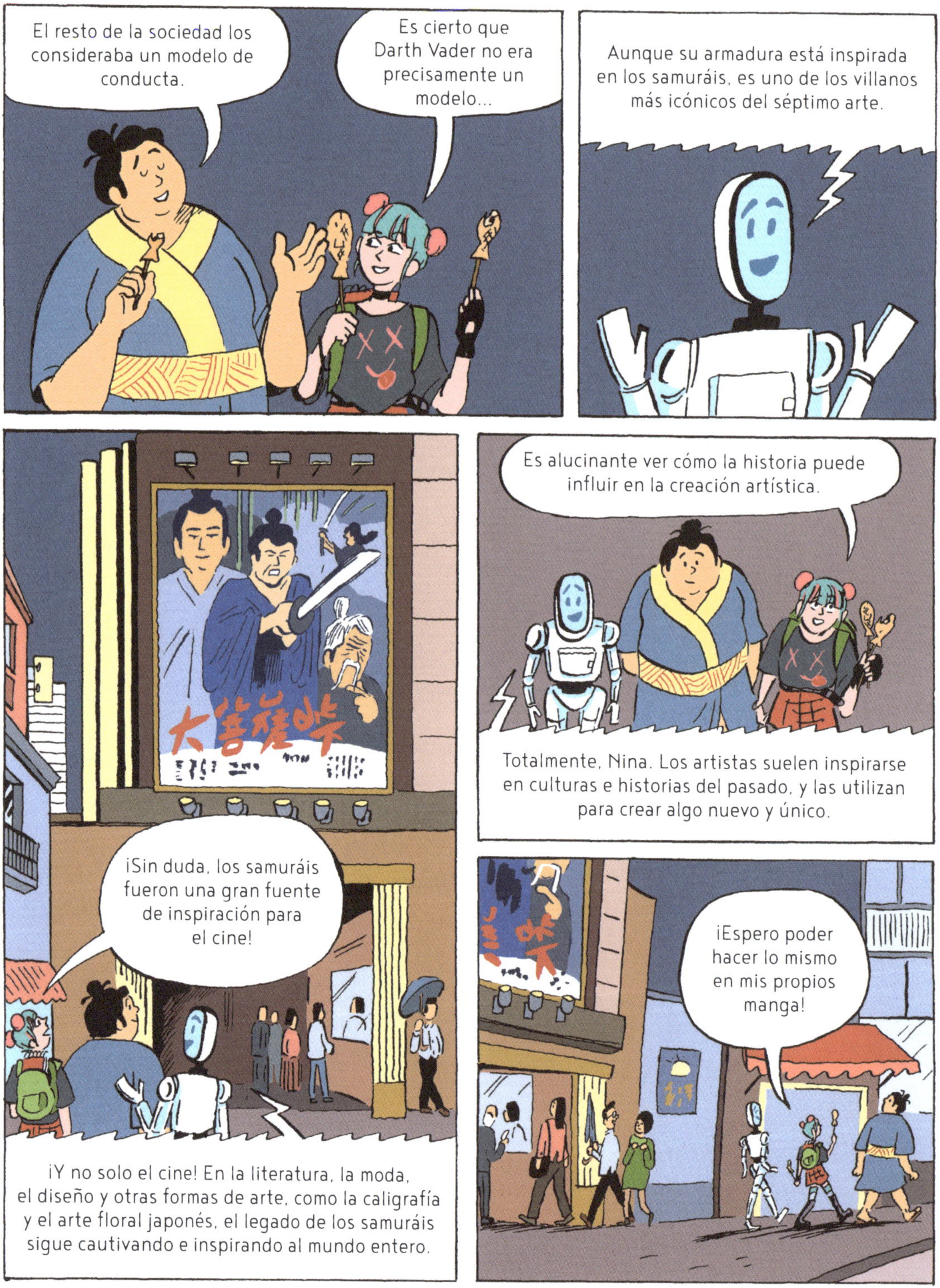
El resto de la sociedad los consideraba un modelo de conducta.
Es cierto que Darth Vader no era precisamente un modelo...
Aunque su armadura está inspirada en los samuráis, es uno de los villanos más icónicos del séptimo arte.
¡Sin duda, los samuráis fueron una gran fuente de inspiración para el cine!
¡Y no solo el cine! En la literatura, la moda, el diseño y otras formas de arte, como la caligrafía y el arte floral japonés, el legado de los samuráis sigue cautivando e inspirando al mundo entero.
Es alucinante ver cómo la historia puede influir en la creación artística.
Totalmente, Nina. Los artistas suelen inspirarse en culturas e historias del pasado, y las utilizan para crear algo nuevo y único.
¡Espero poder hacer lo mismo en mis propios manga!

Los samuráis, guardianes de la tradición japonesa

Los samuráis eran originalmente soldados montados a caballo que protegían las tierras y a los señores de la guerra civil en Japón.

Su ascenso comenzó en el siglo XII y culminó en el XVI, cuando Japón se dividía en multitud de pequeños estados en guerra.

Además de su talento como guerreros y su código de honor tan estricto, los samuráis se interesaban también por la literatura, la poesía y el arte. Tras la unificación de Japón, en el siglo XVII, su función de guerreros fue decayendo poco a poco. Aun así, su legado como guardianes de la tradición japonesa sigue cautivando e inspirando al mundo entero.

¿SABÍAS QUE...?

¡EL MONTE FUJI ES UNA MONTAÑA SAGRADA PARA LOS JAPONESES!

Los desplazamientos deben de ser complicados, ¿verdad?
¡Qué va! Aunque Japón es un país montañoso, desplazarse por él es fácil gracias a sus numerosos medios de transporte.
El tren Shinkansen es el mejor ejemplo.
¡Todo un orgullo nacional que atraviesa el país a más de 300 km/h! Si coges un buen asiento, puedes incluso disfrutar de una vista impresionante del monte Fuji.
¿En serio? ¡Qué pasada!
Momentos más tarde.
¡Guau! Tenías razón, Ryu...
¡Es increíble que un volcán aún en activo pueda surgir en el horizonte de la mayor megalópolis del mundo!

En realidad, no es tan sorprendente, Nina: con sus 3 776 metros, es el punto más alto del país.
¡Por suerte, su última gran erupción fue hace más de trescientos años!
Pero ¿por qué el monte Fuji es tan importante para los japoneses?
Porque es perfecto para conseguir *likes* en las redes sociales.
¡Jaja, muy gracioso!
En realidad, el monte Fuji es una montaña sagrada para los japoneses. La consideran como un símbolo de belleza y simplicidad.
¡Y, además, desde hace siglos! Van incluso de peregrinación.
Es una pasada ver cómo la geografía influye en la cultura aquí. ¡Gracias por explicarme todo esto!
¡Gracias por tu fascinación por nuestro país!
Ryu y yo estamos muy contentos de tener una amiga que aprecie Japón tanto como nosotros...
Qué tiernos sois, chicos.
Gracias, Nina. Pero que a este hombretón no se le suba a la cabeza...

El archipiélago japonés: entre islas y trenes de alta velocidad

Japón es un archipiélago del océano Pacífico formado por miles de islas de todos los tamaños. Las cuatro principales, en las que vive la mayoría de la población, son Hokkaido, Honshu, Kyushu y Shikoku. Honshu, donde se encuentran Tokio y el monte Fuji, es claramente la más grande y la más poblada.

La isla alberga otras grandes ciudades, como Yokohama, la segunda ciudad más grande del país, con uno de los mayores puertos, y Osaka, muy célebre por su gastronomía, sus tiendas y sus lugares de ocio.

El Shinkansen, también conocido como tren de alta velocidad, atraviesa las principales ciudades de Honshu, en concreto Tokio, Yokohama, Kioto y Osaka. También une las ciudades de Hiroshima y Fukuoka. El trayecto entre Tokio y Osaka, uno de los más populares, es el que permite contemplar el monte Fuji.

¿SABÍAS QUE...?

¡EN OKINAWA HAY TRES VECES MÁS CENTENARIOS QUE EN EL RESTO DEL MUNDO!

Pues habéis dado con la persona adecuada: me llamo Emiko, ¡y tengo 102 años!
¿102 años? ¡Es usted increíble!
Je, je, muchas gracias.
Yo soy Ryu.
Yo me llamo Nina.
¡Y yo soy Koko!
Si queréis, seguidme: os voy a descubrir mis secretos para estar en forma: ¿Estáis listos?
¡Estamos listos!
¡Yo siempre estoy listo!
Yo estoy listo, pero... ¿podemos comer antes? ¡Tengo hambre!
¿Os apetece un poco de pescado a la brasa? Es excelente para la salud, igual que las verduras que cultivo en mi huerto.

Y ahora, ¿qué os parece una sesión de taichi?
Es importante hacer ejercicio a diario, para estar en forma y mantener el espíritu vivo.
Parezco un elefante bailando.
Es normal, ¡hace falta práctica!
Ahora, vamos a pasear.
¿Pero no descansamos? Normalmente me echo una siesta después de comer.
Hemos aprendido a usar las plantas como medicina. Es otro de nuestros secretos para tener buena salud.
¿Os apetece tomaros una infusión en mi casa?
Bueno, ¿qué habéis aprendido hoy?
Que la alimentación y el ejercicio son muy importantes para tener buena salud.
Y que la naturaleza es rica en recursos curativos.
¡Y que no se me da bien el taichi!
Y, además, lo hemos pasado bien juntos. Es nuestro último secreto: poder contar los unos con los otros.
¡Gracias por todos estos consejos, Emiko! Eres una verdadera fuente de inspiración.

Los secretos de los centenarios de Okinawa

Okinawa es conocida como «la isla de la longevidad». Los hombres y las mujeres de allí tienen la mayor esperanza de vida del planeta: 87 años de media para las mujeres y 79,4 años para los hombres.

Y, con aproximadamente 33 centenarios cada 100 000 habitantes, hay tres veces más que en el resto del mundo.

Como hemos visto, los habitantes de Okinawa viven más tiempo gracias a su alimentación y su actividad física. Se apoyan mucho los unos a los otros, sobre todo en los momentos difíciles. Es importante tener personas con las que contar para sentirnos bien y felices, sobre todo cuando envejecemos. Al igual que los centenarios de Okinawa, tenemos que cuidar de nuestra familia y nuestros amigos si queremos tener una vida larga y feliz.

¿SABÍAS QUE...?

¡EN JAPÓN, LA NOCHEBUENA SE CELEBRA CON LOS AMIGOS Y LA NOCHEVIEJA EN FAMILIA!

¿Coméis pollo frito de *fast-food* en Nochebuena?
¡Sí, y lo reservamos varias semanas antes! Si no, hay que esperar al menos dos horas para conseguirlo en Nochebuena.
Con lo deliciosa que es la comida japonesa... ¡Pero es cierto que se ha vuelto una costumbre muy popular en Japón! Aunque no sea muy bueno para la salud...
Es sorprendente descubrir cómo cada país tiene sus propias tradiciones culinarias durante las fiestas.
Y cada país tiene sus propias creencias.
Es cierto, en Francia la Navidad tiene una connotación religiosa.
En Japón, lo es más la Nochevieja.
Lo que más me gusta de la Nochevieja son los *mochis*.*
¡Los luchadores solo pensáis en comer!
Pastelitos de arroz glutinoso.
En cualquier caso, estoy feliz de haberos conocido.

Nina, eres una joven formidable. Persigue tu sueño de ser una mangaka.
Muchas gracias, Emiko. Estoy encantada de haberla conocido. Nunca olvidaré todo lo que me ha enseñado.
Tenemos que irnos. Gracias por todo, Emiko.
¡Adiós, Emiko!
Adiós, amigos. Cuidaos mucho.
Esto es precioso. Me gustaría poder quedarme más tiempo.
Ya volveremos juntos. Pero ahora, tenemos que coger el avión a Tokio. Si no, perderás el de París.
¡En el aeropuerto podrás comer todo el pollo frito del KFC que quieras!

La Nochevieja en Japón, una fiesta espiritual y cultural

En Japón, las fiestas de Nochevieja son muy diferentes a las de Francia y otros países europeos. Sin embargo, ambas tienen raíces religiosas. En Japón, los cristianos van a la iglesia en Nochebuena para celebrar el nacimiento de Jesús. En Japón, van a los templos y los santuarios en Nochevieja. Las familias se reúnen también para la cuenta atrás de medianoche, llamada «Joya no Kane», en la que se toca una campana 108 veces para liberarse de los 108 pecados. Y eso independientemente de la religión que se practique, aunque las dos principales son el budismo y el sintoísmo. El budismo, originario de la India, enseña la paciencia y el respeto. El sintoísmo es la religión tradicional de Japón. Cree en la presencia de espíritus y de dioses de la naturaleza llamados *kami*. A ellos se les hacen ofrendas en Nochevieja.

¿SABÍAS QUE...?

¡LOS JAPONESES SON MUY SUPERSTICIOSOS!

¡Ah, sí! ¿Y por qué levanta la pata?
Para invitar a la suerte y la riqueza a la casa. Pero es sobre todo un símbolo de bienvenida y de suerte. Y un atrapapolvo.
En Francia también tenemos nuestras supersticiones.
¿Ah, sí? ¿De qué tipo?
Por ejemplo, evitamos romper espejos, porque son siete años de mala suerte.
Más bien diría que son unas horas de reparación...
Bueno, espero que te acuerdes de nosotros al ver tu *daruma* cogiendo polvo.
Ni de broma voy a olvidaros.
Y no te preocupes por el polvo, Koko: ¡tengo un plumero!
¡Y quién sabe, quizás algún día veamos tus mangas en las librerías de Japón!
¡Espero que nos los dediques!

Gracias, amigos.
¿Crees que se ha olvidado de algo?
¡He pedido volver pronto a veros a Koko y a ti!
Buen viaje, Nina.

* *Hasta pronto* en japonés.

Dirección: Guillaume Pô
Dirección editorial: Sarah Malherbe
Edición: Audrey Bourset
Concepto gráfico: Ambrine Angaud et Magali Meunier
Maquetación: Magali Meunier
Gestión gráfica: Ambrine Angaud
Dirección de producción: Thierry Dubus
Producción: Morgane Lajeunesse

Título original: *Tu sais quoi, Le Japon*

c/Vallespí, 20. 17257, Torroella de Montgrí, Girona.
Traducción: Eva Girona
Maquetación: MYR Servicios Editoriales, S.L.

ISBN: 978-84-1051-422-5
Depósito legal: GI 760-2024
Código de producto: SFEQUO1003
Impreso por GraphyCems

Este libro ha sido impreso en papel certificado FSC®, garantizando así el compromiso en el desarrollo sostenible que adquieren tanto el editor como el impresor de esta obra.

MIXTO
Papel | Apoyando la silvicultura responsable
FSC® C007507